AF289914

Hannas
ROTH

"Das Spektrum des Banalen-
Trash-TV-Weisheiten"

...kuratiert von
@hannasroth

„MEIN
FUß
KLEMMT!"

„DAS LETZTE
KOMMT
IMMER ZUM
SCHLUSS!"

„DU KANNST NICHT
„A SAGEN UND
MACHEN!"

„WER IST DER GRÖßTE
FISCH DER WELT?"

„SAG
NIEMALS
NEIN."

„HARTER KERN,
WEICHE SCHALE."

„ICH BIN KEIN MENSCH
DER SALZ INS FEUER
SCHÜTTET!"

„DIE WELT
DREHT SICH
UM DIE
SONNE..."

„WIR SIND AUF EINER CHEMIE."

„DA SIND DIE STIERE MIT MIR DURCHGEGANGEN!"

„DA WERDEN
DIE KARTEN
NEU
GEWÜRFELT..."

„ICH WURDE
VON KRIEGERN
ERZOGEN!"

„UMGANGSSPRACHLICH
DIE MEIST
SÜMMETRISCHE
TÄTOVIERUNG
OBERHALS DES
STEINBEINS.“

„UMGANGSSPRACHLICH
DIE MEIST
SYMMETRISCHE
TÄTOWIERUNG
OBERHALB DES
STEIßBEINS."

„WIE BEZEICHNET MAN EINE FREUNDSCHAFTLICHE BEZIEHUNG, DIE AUCH SEX BEIN HALTEN?"

„BÄNDE SPRECHEN WORTE."

„ROT WIE
EINE
BANANE!"

„ICH BIN DAS RENTIER!"

„WIR SIND
AUF EINER
CHEMIE!"

„MEIN
FUß
KLEMMT!"

„AUSTRALIEN IST WIE KÖLN, NUR GRÖßER."

"Das Spektrum des Banalen
Vitruvianische Verbalattacken"

"Das Spektrum des Banalen- Epikureische Dissonanzen"

AMORE?

“Das Spektrum des Banalen
im Palast der Polemik”

"Das Spektrum des Banalen
Palaver im Palmenlabyrinth"

...Ich hab über

WhatsApp

Schluss

gemacht

"Die Allegorie der Abgründe
im Schatten des Banalen"

"Spring nicht R(h)ein" – Ein Malbuch über
den Rhein und kluge Entscheidungen.

FRIDA KAHLO

"10 Women who made the world Brighter"

WER MIT
SCHEISSE WIRFT,
MUSS FANGEN
KÖNNEN!

"Das Malbuch für cholerische Mäuse-
Blumen & Beleidigungen"

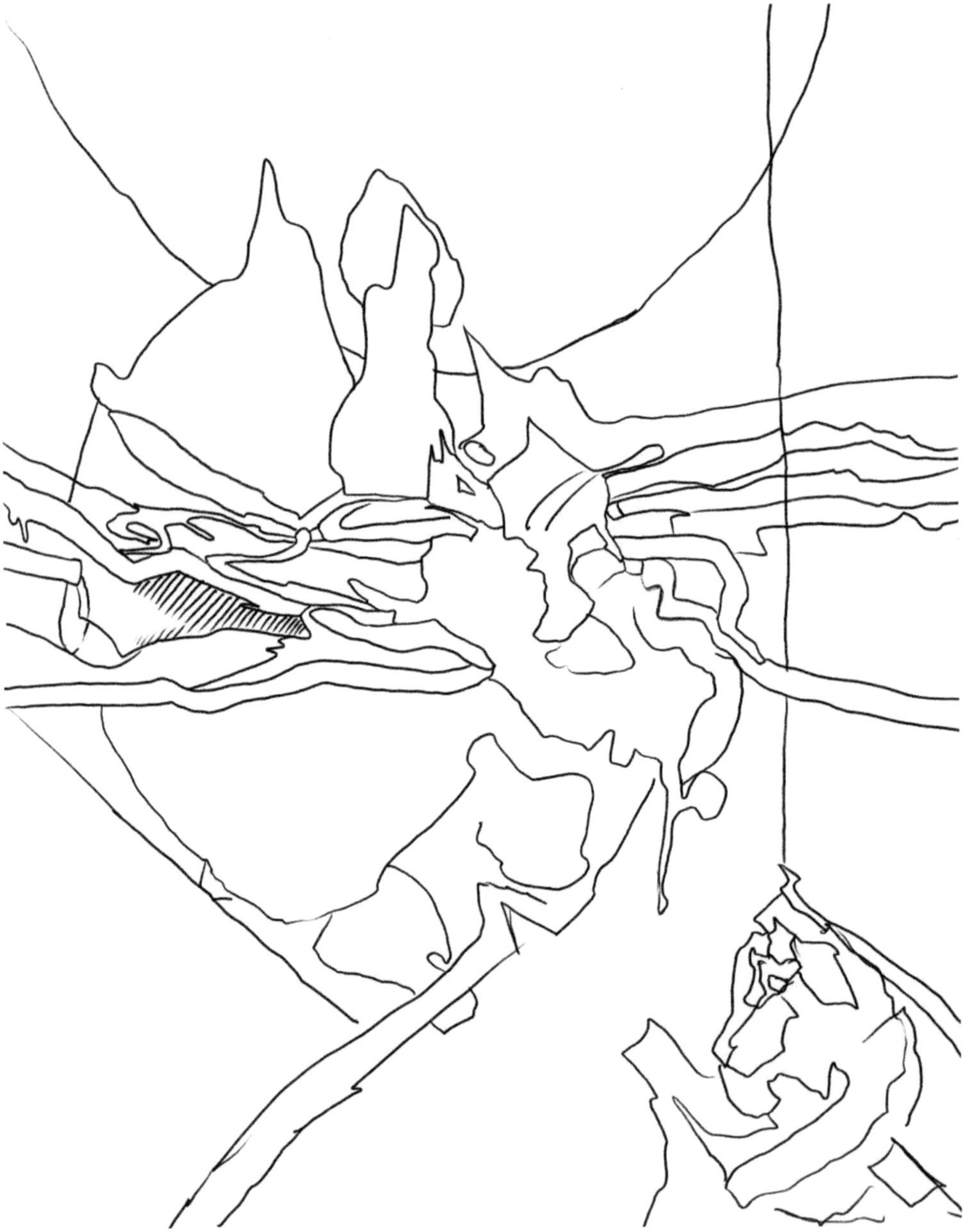

"Abstract-Coloring-Book"

"Genesungswünsche… lieb seriös,
verwegen – das etwas andere Malbuch"

"Floral-Patterns-Coloring-Book"

"Schängeleerswööder Scheldereie"

"30+(1) Blumenstillleben"

"15 Noble Women Who Brought Light to World: A Coloring Book"

DRAW A HOUSE

DRAW A STARRY SKY
OVER SEA WAVES

DRAW THE OWNER
OF THIS BOOK AND
YOURSELF AS ANIMALS

DRAW A TREE

"All my FRIENDS..."

IM EINKLANG
MIT DER NATUR.
IM DISPUT MIT
MEINEN
HORMONEN.

"Vom Zyklus des Zorns"